ALFAGUARA

CLÁSICOS

ROALD DAHL

EL DEDO MÁGICO

Ilustraciones de Quentin Blake

Traducción de Maribel de Juan

ALFAGUARA

El dedo mágico

Título original: *The Magic Finger*

Primera edición: mayo de 2016
Primera reimpresión: octubre de 2016

D. R. © 1964, Roald Dahl Nominee Ltd.
http://www.roalddahl.com

Edición original en castellano: Santillana Infantil y Juvenil S. L.
D. R. © 2016, derechos de edición mundiales en lengua castellana:
Penguin Random House Grupo Editorial, S. A. de C. V.
Blvd. Miguel de Cervantes Saavedra núm. 301, 1er piso,
colonia Granada, delegación Miguel Hidalgo, C. P. 11520,
Ciudad de México

www.megustaleer.com.mx

D. R. © 1985, Maribel de Juan, por la traducción
D. R. © 1995, Quentin Blake, por las ilustraciones

ISBN: 978-607-314-291-5

Impreso en los talleres de Offset Universal, S. A.
Calle 2, núm. 113, col.Granjas San Antonio C.P. 09070, Ciudad de México

Impreso en México – *Printed in Mexico*

El papel utilizado para la impresión de este libro ha sido fabricado a partir de madera procedente
de bosques y plantaciones gestionadas con los más altos estándares ambientales, garantizando
una explotación de los recursos sostenible con el medio ambiente y beneficiosa para las personas.

Penguin
Random House
Grupo Editorial

Para Ofelia y Lucy

Las obras de Roald Dahl no solo ofrecen grandes historias...

¿Sabías que un 10% de los derechos de autor* de este libro se destina a financiar la labor de las organizaciones benéficas de Roald Dahl?

Roald Dahl es muy conocido por sus historias y poemas, sin embargo hoy día no es tan conocido por su labor en apoyo de los niños enfermos. Actualmente, la fundación Roald Dahl´s Marvellous Children´s Charity presta su ayuda a niños con trastornos médicos severos y en situación de extrema pobreza. Esta organización benéfica considera que la vida de todo niño puede ser maravillosa sin entrar a valorar lo enfermo que esté o su esperanza de vida.

Averigua más sobre nosotros en www.roalddahl.com

En el Roald Dahl Museum and Story Centre en Great Missenden, Buckinghamshire (la localidad en la que vivió el autor), puedes conocer muchas más cosas sobre la vida Roald Dahl y de cómo su biografía se entremezcla en sus historias. Este museo es una organización benéfica cuya intención es fomentar el amor por la lectura, la escritura y la creatividad. Asimismo, dispone de tres divertidas galerías con muchas actividades para hacer y un montón de datos curiosos para descubrir (incluyendo la cabaña en la que Roald Dahl se retiraba a escribir). El museo está abierto al público general y a grupos escolares (de 6 a 12 años) durante todo el año.

Roald Dahl's Marvellous Children's Charity (RDMCC) es una organización benéfica registrada con el número 1137409.

Roald Dahl Museum and Story Centre (RDMSC) es una organización benéfica registrada con el número 1085853.

Roald Dahl Charitable Trust, organización benéfica recientemente establecida, apoya la labor de RDMCC y RDMSC.

* Los derechos de autor donados son netos de comisiones

PERSONAJES...

William Gregg

Philip Gregg

Chica

Sr. y Sra. Gregg

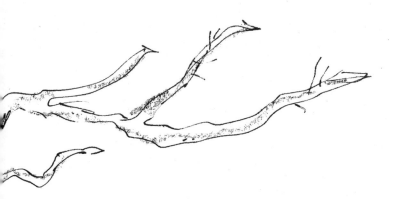

La granja vecina a la nuestra es propiedad del señor y la señora Gregg. Los Gregg tienen dos hijos, los dos son chicos. Sus nombres son Philip y William. Algunas veces voy a su granja a jugar con ellos.

Yo soy una chica y tengo ocho años.

Philip tiene, también, ocho años.

William es tres años mayor. Tiene diez.

¿Qué?

Oh, está bien, sí.

Tiene once.

La semana pasada, algo muy divertido le sucedió a la familia Gregg. Voy a contarte lo que pasó, lo mejor que pueda.

Veréis, lo que al señor Gregg y a sus dos hijos les gustaba hacer más que cualquier otra cosa, era ir a cazar. Cada sábado por la mañana agarraban sus escopetas y se adentraban en el bosque en busca de animales y pájaros a los que disparar. Incluso Philip, que sólo tenía ocho años, tenía su propia escopeta.

Yo no soporto la caza. Simplemente no puedo *soportarla*. No me parece bien que hombres y muchachos maten animales solamente por la diversión que puedan sacar de ello. Así que yo intentaba que Philip y William no lo hicieran. Cada vez que iba a su granja me esforzaba en convencerlos, pero ellos sólo se reían de mí.

Incluso una vez le dije algo al señor Gregg, pero él simplemente pasó de largo, como si yo no estuviera allí.

Entonces, el sábado pasado por la mañana, vi a Philip y a William saliendo del bosque con su padre y llevando un hermoso cervatillo.

Eso me enfadó tanto que empecé a gritarles.

Los chicos rieron y se burlaron de mí y el señor Gregg me dijo que me fuera a casa y me ocupara de mis propios asuntos.

¡Bien, aquello fue la puntilla!

Vi todo rojo.

Y antes de que fuera capaz de detenerme, hice algo que nunca tuve intención de hacer.

¡LOS APUNTÉ A TODOS CON EL DEDO MÁGICO!

¡Oh, Dios mío! ¡Oh, Dios mío! Apunté incluso a la señora Gregg, que no estaba allí. Apunté a toda la familia Gregg completa.

Durante meses me había estado diciendo a mí misma que no volvería a señalar otra vez a nadie con el Dedo Mágico; no después de lo que le ocurrió a mi profesora, la vieja señora Winter.

Estábamos un día en clase y ella nos enseñaba a deletrear.

—Levántate —me dijo— y deletrea gato.

—Es fácil —dije—. J a t o.

—Eres una niña tonta —dijo la señora Winter.

—No soy una niña tonta —grité—. Soy una niña muy lista.

—Ve y ponte de cara a la pared —dijo la señora Winter.

Entonces me enfadé, vi todo rojo y señalé con el Dedo Mágico a la señora Winter con todas mis ganas, y casi al momento…

¿Te imaginas?

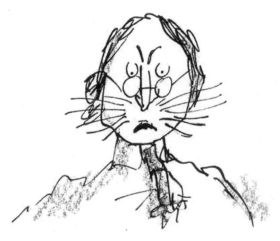

¡Empezaron a brotarle *bigotes de gato* en la cara! Eran largos bigotes negros, como los que puedes ver en un gato, sólo que mucho más grandes. ¡Y qué rápido crecían! ¡Antes de que tuviéramos tiempo de darnos cuenta, le llegaban a las orejas!

Por supuesto que la clase entera empezó a desternillarse de risa, y entonces la señora Winter dijo:

—¿Seréis tan amables de decirme qué encontráis tan locamente divertido?

¡Y cuando se dio la vuelta para escribir algo en la pizarra, vimos que también le había crecido una *cola*! ¡Era una enorme cola peluda!

Ni siquiera puedo deciros qué sucedió después de eso, pero si alguno de vosotros se está preguntando si la señora Winter se puso bien otra vez, la respuesta es NO. Y nunca se pondrá.

El Dedo Mágico es algo que he podido utilizar toda mi vida.

No puedo explicarte *cómo* lo hago, porque ni siquiera yo lo sé.

Pero siempre sucede cuando me enfado, entonces veo todo rojo...

Siento mucho, mucho calor...Y la punta del dedo índice de mi mano derecha empieza a hormiguearme terriblemente...

De repente una especie de relámpago sale de mí, una chispa, como algo eléctrico.

Salta fuera y toca a la persona que me ha hecho enfadar...

Y después de esto el Dedo Mágico señala a él o a ella y empiezan a ocurrir cosas...

Bueno, ahora el Dedo Mágico había señalado a toda la familia Gregg y ya no había remedio.

Corrí a casa y esperé a ver qué cosas sucedían.

Sucedieron rápidamente.

Ahora os contaré cuáles fueron esas cosas. Supe toda la historia por Philip y William a la mañana siguiente, después de que todo hubiera pasado.

En la tarde del mismo día en que señalé con el Dedo Mágico a la familia Gregg, el señor Gregg, Philip y William salieron a cazar una vez más. En esa ocasión iban a por patos salvajes, así que se dirigieron hacia el lago.

En la primera hora cazaron diez pájaros.

En la siguiente hora mataron otros seis.

—¡Qué día! —gritaba el señor Gregg—. ¡Es el mejor que hemos tenido! —estaba loco de contento.

Justamente entonces cuatro patos salvajes más volaron por encima de sus cabezas. Volaban muy bajos. Eran
blancos fáciles.

¡BANG! ¡BANG! BANG! ¡BANG!, sonaron las escopetas.

Los patos se elevaron.

—¡Hemos fallado! —dijo el señor Gregg—. Es raro.

Entonces, para sorpresa de todos, los cuatro patos se
volvieron y fueron derechos a las escopetas.

—¡Hey! —dijo serio el señor Gregg—. ¿Qué demonios
están haciendo? ¡Esta vez están pidiendo a gritos que aca-
bemos con ellos!

Les disparó otra vez. También los chicos. ¡Y de nuevo fallaron! El señor Gregg se puso muy colorado.

—Es la luz —dijo—. Está demasiado oscuro para ver. Volvamos a casa.

Así que emprendieron el regreso, llevando con ellos los dieciséis pájaros a los que habían matado antes.

Pero los cuatro patos no querían dejarles tranquilos. Ahora empezaron a volar alrededor de los cazadores mientras caminaban de regreso. Al señor Gregg, aquello no le gustó ni un pelo.

—¡Fuera! —gritó, y les disparó muchas más veces, pero no acertó ni una sola. Simplemente no podía darles.

Durante todo el camino a casa los cuatro patos volaron dando vueltas en el cielo sobre sus cabezas y nada podían hacer para que se fueran.

Ya entrada la noche, después de que Philip y William se hubieran ido a la cama, el señor Gregg salió fuera a coger algo de leña para el fuego.

Estaba atravesando el patio cuando de repente oyó el graznido de un pato salvaje en el cielo.

Se detuvo y miró hacia arriba.

La noche era muy tranquila. Había una delgada luna amarilla sobre los árboles de la colina y el cielo estaba lle-

no de estrellas. Entonces el señor Gregg oyó el ruido de alas volando bajo sobre su cabeza y vio a los cuatro patos, sombras contra el cielo estrellado, volando muy juntos. Estaban dando vueltas sobre la casa.

El señor Gregg se olvidó de la leña y se apresuró a volver a entrar en la casa. Ahora se sentía bastante asustado. No le gustaba lo que estaba ocurriendo. Pero no dijo nada de todo aquello a la señora Gregg. Todo lo que dijo fue:

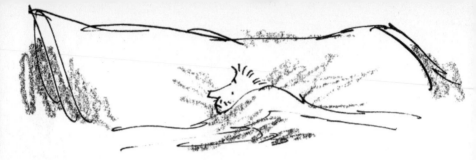

—Vamos a acostarnos. Me siento cansado.

Así que se acostaron y se durmieron.

Cuando se hizo de día, el señor Gregg fue el primero en despertarse.

Abrió los ojos.

Quiso sacar la mano para alzanzar el reloj y ver la hora.

Pero no podía sacarla.

—Es extraño –dijo—. ¿Dónde está mi mano?

Todavía tendido, se preguntó qué ocurría.

¿Tal vez se había lastimado la mano de algún modo?

Lo intentó con la otra mano.

Pero tampoco pudo sacarla.

Se sentó en la cama.

¡Entonces, por primera vez, vio qué aspecto tenía!

Dio un grito y saltó asustado de la cama.

La señora Gregg se despertó. Y cuando vio al señor Gregg allí de pie en el suelo, *ella* también gritó.

¡Ahora era un minúsculo hombrecito!

Quizás tan alto como el asiento de una silla, pero no más.

¡Y donde habían estado sus brazos, ahora tenía un par de alas de pato!

—Pero... pero... pero... —gritó la señora Gregg con la cara congestionada—. Querido, ¿qué te ha pasado?

—¡Qué *nos* ha pasado, querrás decir! —vociferó el señor Gregg.

Ahora fue la señora Gregg la que saltó de la cama.

Corrió a mirarse en el espejo. Pero no era lo bastante alta como para verse en él. Era incluso más pequeña que el señor Gregg, y ella también tenía alas en lugar de brazos.

—¡Oh! ¡Oh! ¡Oh! ¡Oh! —sollozaba la señora Gregg.

—¡Esto es cosa de brujas! —gritó el señor Gregg, y los dos empezaron a correr por la habitación, batiendo las alas.

Un minuto después Philip y William entraron en tromba. Lo mismo les había pasado a ellos. Tenían alas y no brazos. Y eran *realmente* diminutos. Eran casi del tamaño de los petirrojos.

—¡Mamá! ¡Mamá! ¡Mamá! —trinaba Philip.

—¡Mira, mamá, mira, podemos volar!

Y se elevaron en el aire.

—¡Bajad inmediatamente, os lo ordeno! —dijo la señora Gregg—. ¡Estáis demasiado alto!

Pero antes de que pudiera decir algo más, Philip y William habían salido volando por la ventana.

El señor y la señora Gregg corrieron hacia la ventana y miraron fuera. Los dos minúsculos chicos estaban ahora muy arriba en el cielo.

Entonces la señora Gregg dijo al señor Gregg:

—¿Crees que *nosotros* podríamos hacerlo, querido?

—No veo por qué no —dijo el señor Gregg—. Vamos, lo intentaremos.

El señor Gregg empezó a batir las alas con fuerza y casi inmediatamente se elevó.

Entonces la señora Gregg hizo lo mismo.

—¡Socorro, querido! —gritó cuando empezó a elevarse—. ¡Sálvame!

—Vamos, vamos —dijo el señor Gregg—. No tengas miedo.

Así que salieron volando por la ventana, se elevaron hacia el cielo y no tardaron mucho en alcanzar a Philip y William.

Pronto la familia completa estaba volando junta.

—¡Oh!, ¿no es maravilloso? —gritó William—. ¡Yo siempre había querido saber qué se sentía siendo un pájaro!

—¿No se te cansan las alas, querida? —preguntó el señor Gregg a la señora Gregg.

—En absoluto —dijo la señora Gregg—. ¡Podría seguir siempre!

—¡Hey, mirad allá abajo! —dijo Philip—. ¡Alguien está andando por nuestro jardín!

Todos miraron, y allí, debajo de ellos, en su propio jardín, vieron ¡cuatro *enormes* patos salvajes! Los patos eran tan grandes como las personas, y para acabarlo de arreglar, tenían brazos grandes y largos, como los hombres, en lugar de alas.

Los patos estaban caminando en fila hacia la puerta de la casa de los Gregg, balanceando los brazos y manteniendo sus picos levantados.

—¡Alto! —gritó el diminuto señor Gregg, y descendió volando por encima de sus cabezas—. ¡Fuera! ¡Ésta es mi casa!

Los patos alzaron la vista y graznaron. El primero extendió el brazo, abrió la puerta de la casa y entró. Los demás entraron detrás de él. La puerta se cerró.

Los Gregg bajaron volando y se sentaron en el muro cerca de la puerta. La señora Gregg empezó a llorar.

—¡Oh, Dios mío! ¡Oh, Dios mío! —gimoteaba—. Se han apoderado de nuestra casa. ¿Qué vamos a hacer? ¡No tenemos adónde ir!

Incluso los chicos empezaron a llorar ahora un poco.

—¡Seremos devorados por los gatos y los zorros durante la noche! —dijo Philip.

—¡Quiero dormir en mi cama! —dijo William.

—Ya está bien —dijo el señor Gregg—. Llorando no se consigue nada. Esto no nos ayudará. ¿Queréis que os diga qué es lo que vamos a hacer?

—¿Qué? —preguntaron.

El señor Gregg los miró y sonrió.

—Vamos a construir un nido.

—¡Un nido! —dijeron—. ¿Podemos hacerlo?

—*Debemos* hacerlo —dijo el señor Gregg—. Tenemos que conseguir un sitio donde dormir. Seguidme.

Levantaron el vuelo hacia un árbol muy grande y en lo más alto, el señor Gregg eligió un lugar para el nido.

—Ahora necesitamos muchas ramas —dijo—. Montones de ramitas. Marchaos todos, buscadlas y traedlas aquí.

—¡Pero si no tenemos manos! —dijo Philip.

—Entonces usad la boca.

La señora Gregg y los niños se fueron volando. Pronto estuvieron de vuelta, trayendo ramas en la boca.

El señor Gregg cogió las ramas y empezó a construir el nido.

—Más —dijo—. Quiero más y más y más ramas. Vamos.

El nido empezó a crecer. El señor Gregg era muy hábil haciendo que las ramas se quedaran enlazadas.

Después de un rato dijo:

—Ya hay bastantes ramas. Ahora quiero hojas, plumas y cosas así para hacer el interior confortable y suave.

La construcción del nido continuó y continuó. Llevó mucho tiempo. Pero por fin estuvo terminado.

—Pruébalo —dijo el señor Gregg, saltando fuera. Estaba muy satisfecho de su trabajo.

—¡Oh, es encantador! —gritó la señora Gregg, entrando en él y sentándose—. ¡Creo que podría poner un huevo en cualquier momento!

Todos se colocaron a su alrededor.

—¡Qué calentito es! —dijo William.

—Y qué divertido es vivir tan alto —dijo Philip—. Quizás seamos pequeños, pero nadie puede hacernos daño estando aquí arriba.

—¿Y qué pasa con la comida? —dijo la señora Gregg—. No hemos comido nada en todo el día.

—Es verdad —dijo el señor Gregg—. Así que ahora bajaremos volando a la casa, entraremos por una ventana abierta y cogeremos la lata de galletas cuando los patos no estén mirando.

—¡Oh, nos harán pedazos a picotazos esos asquerosos y enormes patos! — gritó la señora Gregg.

—Tendremos mucho cuidado, mi amor —dijo el señor Gregg. Y partieron.

Pero cuando llegaron a la casa, encontraron todas las ventanas y puertas cerradas. No había forma de entrar.

—¡Mira esa horrible pata cocinando en mi horno! —gritó la señora Gregg cuando pasó volando delante de la ventana de la cocina—. ¿Cómo se atreve?

—¡Uno de ellos está acostado en mi cama! —gritó William, mirando por la ventana del dormitorio.

—¡Y mira a ése llevando mi preciosa escopeta! —vociferó el señor Gregg.

—¡Y otro está jugando con mi tren eléctrico! —gritó Philip.

La señora Gregg cogió a los dos chicos bajo sus alas y los abrazó.

—No os preocupéis —dijo—. Yo puedo picarlo todo muy fino y ni siquiera notaréis la diferencia. Sabrosas hamburguesas de gusanos.

—¡Oh, no! —gritó William.

—¡Nunca! —dijo Philip.

—¡Repugnante! —dijo el señor Gregg—. Sólo porque tengamos alas, no tenemos por qué comer lo que comen los pájaros. Comeremos manzanas. Nuestros árboles están llenos. ¡Vamos!

Volaron hacia los manzanos.

Pero comer una manzana sin agarrarla con la mano no es nada fácil. Cada vez que intentas hincarle los dientes, se escapa. Por fin, todos pudieron dar algunos pequeños mordiscos. Y cuando empezó a oscurecer, regresaron volando al nido y se acostaron a dormir.

Debió de ser aproximadamente a esa hora, cuando yo, de vuelta a mi casa, descolgué el teléfono e intenté llamar a Philip. Quería comprobar si la familia estaba bien.

—Hola —dije.

—¡Cuac! —dijo una voz en el otro extremo.

—¿Quién es? —pregunté.

—¡Cuac, cuac!

—Philip —dije—, ¿eres tú?

—¡Cuac, cuac, cuac, cuac, cuac!

—¡Oh, basta! —dije.

Entonces me llegó un ruido muy raro. Era como un pájaro riéndose.

Colgué el teléfono rápidamente.

—¡Oh, este Dedo Mágico! —grité—. ¿Qué les *has* hecho a mis amigos?

Esa noche, mientras el señor Gregg, la señora Gregg,
Philip y William estaban intentando dormir algo en el nido,
un fuerte viento empezó a soplar. El árbol se balanceaba
de un lado a otro, y todos, incluso el señor Gregg, tenían

miedo de que el nido se cayera. Entonces empezó a llover.
Llovía y llovía y el agua entraba en el nido y todos estaban
empapados, y... ¡Oh, fue una noche muy mala, malísima!
    Por fin se hizo de día, y el sol empezó a calentar.

—¡Bueno! —dijo la señora Gregg—. ¡Gracias a Dios que ya ha pasado! ¡No me gustaría volver a dormir en un nido! —se levantó y se asomó por el borde del nido—. ¡Socorro! —gritó—. ¡Mira! ¡Mira allí abajo!

—¿Qué pasa, cariño? —dijo el señor Gregg. Se incorporó y miró hacia abajo.

¡Se llevó la mayor sorpresa de su vida!

En el suelo, debajo de ellos, estaban los cuatro grandes patos, tan altos como hombres, y tres de ellos llevaban escopetas en las manos. Uno tenía la escopeta del señor Gregg, otro la de Philip y otro tenía la de William.

Todas las escopetas estaban apuntando en dirección al nido.

—¡No! ¡No! ¡No! —gritaron el señor y la señora Gregg al mismo tiempo—. ¡No disparéis! ¡Por favor, no disparéis!

—¿Por qué no? —dijo uno de los patos. Era el que no tenia escopeta—. Vosotros siempre nos estáis disparando a nosotros.

—¡Oh, pero no es lo mismo! —dijo el señor Gregg—. ¡Nosotros tenemos permiso para disparar a los patos!

—¿Quién os da el permiso? —preguntó el pato.

—Nosotros nos damos el permiso unos a otros —dijo el señor Gregg.

—Muy bonito —dijo el pato—. Pues ahora *nosotros* vamos a darnos el permiso unos a otros para dispararos.

(Me habría gustado ver la cara que puso el señor Gregg en ese momento.)

—¡Oh, por favor! —gritó la señora Gregg—. ¡Mis dos hijitos están aquí arriba con nosotros! ¡No podéis dispararles a mis *niños*!

—Ayer vosotros disparasteis a *mis* hijos —dijo el pato—. Disparasteis a mis seis hijos.

—¡Nunca volveremos a hacerlo! —gritó el señor Gregg—. ¡Nunca, nunca, nunca!

—¿Realmente dices eso con sinceridad? —preguntó el pato.

—¡Lo digo de verdad —dijo el señor Gregg—. ¡Nunca más volveré a dispararle a otro pato en toda mi vida!

—Eso no es suficiente —dijo el pato—. ¿Y qué pasa con los ciervos?

—¡Haré todo lo que digas si bajáis esas escopetas! —gritó el señor Gregg—. ¡Nunca volveré a disparar a ningún pato, ni a ningún ciervo, ni a ninguna otra cosa!

—¿Me darás tu palabra? —dijo el pato.

—¡Lo haré! ¡Lo haré! —dijo el señor Gregg.

—¿Te desharás de las escopetas? —preguntó el pato.

—¡Las partiré en trocitos pequeños! —dijo el señor Gregg—. Y nunca tendréis que tener miedo de mí o de mi familia.

—Muy bien —dijo el pato—. Ahora podéis bajar. Y a propósito, tengo que felicitarte por el nido. Para ser el primero, te ha quedado muy bonito.

El señor y la señora Gregg, Philip y William saltaron fuera del nido y bajaron volando.

Repentinamente todo se volvió negro delante de sus ojos y no podían ver nada. Al mismo tiempo, una sensación

extraña los inundó y oyeron un ruido como de grandes
alas batiendo.

Entonces el color negro que había ante sus ojos fue tornándose azul, verde, rojo, y después dorado y, de repente, estaban allí de pie, bañados por la brillante luz del sol, en su propio jardín, cerca de su casa, y todo había vuelto otra vez a la normalidad.

—¡Han desaparecido nuestras alas! —gritó el señor Gregg—. ¡Y han vuelto nuestros brazos!

—Y ya no somos diminutos! —rió la señora Gregg—. ¡Oh, estoy tan contenta!

Philip y William empezaron a bailar alegremente a su alrededor.

Entonces, en lo alto, sobre sus cabezas, oyeron la llamada de un pato salvaje. Todos miraron hacia arriba y vie-

ron a los cuatro pájaros, preciosas siluetas contra el cielo
azul, volando muy juntos, dirigiéndose hacia el lago en el
bosque.

Debió de ser una media hora más tarde cuando en-
tré en el jardín de los Gregg. Había ido a ver cómo iban las
cosas, y debo admitir que me temía lo peor. En la puerta
me detuve y eché un vistazo. Era un panorama curioso.

En una esquina el señor Gregg empuñaba un enorme martillo con el que golpeaba las tres escopetas para hacerlas pedacitos.

En otra esquina la señora Gregg colocaba bonitas flores sobre dieciséis montoncitos de tierra, que, según supe más tarde, eran las tumbas de los patos a los que habían disparado el día anterior.

Y en medio del patio Philip y William, con un saco a sus pies y rodeados de patos, palomas, pichones, gorriones, petirrojos, alondras y muchas otras especies que yo no conocía, esparcían a manos llenas la mejor cebada de su padre para dar de comer a las aves.

—Buenos días, señor Gregg —dije.

El señor Gregg bajó el martillo y me miró.

—Mi nombre ya no será Gregg nunca más —dijo—. En honor de mis amigos emplumados, lo he cambiado de Gregg a Ala.

—Y yo soy la señora Ala —dijo la señora Gregg.

—¿Qué ha pasado? —pregunté. Parecían estar completamente pirados, los cuatro.

Philip y William empezaron a contarme toda la historia. Cuando hubieron terminado, William dijo:

—¡Mira! ¡Allí está el nido! ¿Lo ves? ¡Arriba, en lo alto del árbol! ¡Allí es donde hemos dormido esta noche!

—Lo hice *entero* yo mismo —dijo el señor Ala con orgullo—. Coloqué cada una de las ramas.

—Si no nos crees —dijo la señora Ala—, simplemente entra en la casa y echa un vistazo al cuarto de baño. Está todo patas arriba.

—Llenaron la bañera hasta el borde —dijo Philip—. ¡Deben de haber estado bañándose toda la noche! ¡Y hay plumas por todas partes!

—A los patos les gusta el agua —dijo el señor Ala—. Estoy contento de que lo hayan pasado bien.

En ese momento, desde algún lugar próximo al lago llegó un sonoro ¡BANG!

—¡Alguien está disparando —grité.

—Debe de ser Jim Cooper —dijo el señor Ala—. Él y sus tres chicos. A esos Cooper les enloquece la caza, a toda la familia.

De repente empecé a ver todo rojo...

Entonces sentí un gran calor por todo el cuerpo...

La punta de mi dedo empezó a hormiguear terriblemente. Pude sentir la fuerza creciendo y creciendo dentro de mí...

Me di la vuelta y comencé a correr hacia el lago tan rápido como pude.

—¡Hey! —gritó el señor Ala—. ¿Qué pasa? ¿Adónde vas?

—¡A buscar a los Cooper! —grité hacia ellos.

—¿Pero por qué?

—¡Espere y verá! —dije—. ¡Estarán anidando en los árboles esta noche, todos ellos!

ROALD DAHL nació en 1916 en un pueblecito de Gales (Gran Bretaña) llamado Llandaff en el seno de una familia acomodada de origen noruego. A los cuatro años pierde a su padre y a los siete entra por primera vez en contacto con el rígido sistema educativo británico que deja reflejado en algunos de sus libros, por ejemplo, en *Matilda* y en *Boy*.

Terminado el Bachillerato y en contra de las recomendaciones de su madre para que cursara estudios universitarios, empieza a trabajar en la compañía multinacional petrolífera Shell, en África. En este continente le sorprende la Segunda Guerra Mundial. Después de un entrenamiento de ocho meses, se convierte en piloto de aviación en la Royal Air Force; fue derribado en combate y tuvo que pasar seis meses hospitalizado. Después fue destinado a Londres y en Washington empezó a escribir sus aventuras de guerra.

Su entrada en el mundo de la literatura infantil estuvo motivada por los cuentos que narraba a sus cuatro hijos. En 1964 publica su primera obra, *Charlie y la fábrica de chocolate*. Escribió también guiones para películas; concibió a famosos personajes como los Gremlins, y algunas de sus obras han sido llevadas al cine.

Roald Dahl murió en Oxford, a los 74 años de edad.

AGU TROT

En la vida del señor Hoppy hay dos amores: las flores de su balcón y su vecina, la amable señora Silver. ¡Este es su gran secreto! Pero ella solo está pendiente de su tortuguita Alfie. Pero un día al señor Hoppy se le ocurre una brillante idea para ganar su corazón: para ello necesitará 140 tortuguitas, un antiguo hechizo y un poquitín de magia…

BOY.
RELATOS DE INFANCIA

Boy es el relato de su infancia. Momentos familiares maravillosos se mezclan con otros más tristes, y aventuras llenas de peligro siguen a otras desternillantes.

¡QUÉ ASCO DE BICHOS!
EL COCODRILO ENORME

¡Qué asco de bichos! Nueve divertidísimas historias en verso en las que los animales se enfrentan a las personas para sobrevivir. El Cocodrilo Enorme siembra el terror en la selva y para ello recurre a todo tipo de trucos y disfraces. Pero los demás animales tratarán de impedírselo.

ALFAGUARA CLÁSICOS

LOS CRETINOS

Los señores Cretinos son dos odiosos personajes que tienen prisionera a la simpática familia de monos a la que no dejan vivir en paz. Con la llegada del Pájaro Gordinflón todo puede cambiar…

LAS BRUJAS

Las Brujas están celebrando su Congreso Anual y han decidido aniquilar a todos los niños. ¿Conseguirán vencerlas el protagonista de nuestra historia y su abuela?

LA JIRAFA, EL PELÍCANO Y EL MONO

La Jirafa, el Pelícano y el Mono son los mejores Limpiaventanas Desescalerados del mundo y están deseando vivir contigo las más disparatadas aventuras.

MATILDA

Todo el mundo admira a Matilda menos sus mediocres padres, que la consideran una inútil. Tiene poderes maravillosos y extraños que la ayudarán a enfrentarse a ellos…

DANNY EL CAMPEÓN DEL MUNDO

Danny se siente orgulloso de su padre. Está convencido de que es el mejor del mundo, hasta que una noche descubre su gran secreto. A pesar de todo, Danny está decidido a ayudar a su padre hasta las últimas consecuencias y a mantener la hermosa relación y complicidad que les une.

LA MARAVILLOSA MEDICINA DE JORGE

Jorge está empeñado en cambiar a su desagradable abuela y ha inventado una maravillosa medicina para hacerlo pero nada resulta como él esperaba.

¡JAMES Y EL MELOCOTÓN GIGANTE

James vive con sus dos tías que le hacen la vida imposible. Pero un día, montando en un melocotón gigante, James inicia un increíble viaje por todo el mundo.

CHARLIE Y LA FÁBRICA DE CHOCOLATE

El Sr. Wonka ha escondido cinco billetes de oro en sus chocolatinas. Quien los encuentre será el elegido para visitar con él su fantástica fábrica de chocolate. ¿Los encontrará Charlie?

EL GRAN GIGANTE BONACHÓN

Una noche el gran gigante bonachón entra por la ventana del orfelinato, envuelve a la pequeña Sofía en una sábana y se la lleva al país de los gigantes. Pero en esas tierras también viven gigantes malos…

EL SUPERZORRO

Benito, Buñuelo y Bufón son los tres granjeros más malvados que te puedas imaginar. Odian a don Zorro y quieren capturarle por todos los medios. Le esperan a la salida de la madriguera con la escopeta cargada. Pero don Zorro tiene otros planes…

VOLANDO SOLO

Roald Dalh narra los acontecimientos más fascinantes de su vida, marcada por las ansias de aventura: las increíbles experiencias como piloto en la Segunda Guerra Mundial, el placer de volar, la camaradería en tiempos difíciles…

CHARLIE Y EL GRAN ASCENSOR DE CRISTAL

El Sr. Wonka ha cedido a Charlie su fabulosa fábrica donde hay un ascensor de cristal muy especial que le llevará al espacio. Allí vivirá maravillosas aventuras.

31901062468626